O COCHILO DO CÉU

coordenação editorial
Sálvio Nienkötter

editora-assistente e editoração
Bárbara Tanaka

capa
Jaime Silveira

produção
Cristiane Nienkötter
Francisco Rocha

Dados Internacionais de Catalogação na Publicação (CIP)
Andreia de Almeida CRB-8/7889

Fernandes, Marcel
O cochilo do céu / Marcel Fernandes. - Curitiba :
Kotter Editorial, 2018.
128 p.

ISBN 978-85-68462-56-0

1. Poesia brasileira I. Título

CDD B869.1

18-0253

Kotter Editorial
Rua das Cerejeiras, 194
82700-510 | Curitiba/PR
+55 41 3585-5161
www.kotter.com.br | contato@kotter.com.br

1º edição
2018

marcel fernandes

O COCHILO DO CÉU

KOTTER
EDITORIAL

sumário

parte um | barro no sangue

quero na boca
o óleo árido
das palavras
que não sangraram

tito leite

O ENIGMA

bordar um leão no peito mas
por dentro ao redor do coração
usar o fio da mais bruta montanha
não chorar ou desesperar-se
a dor ergue edifícios mais fortes
a vida não é uma dispensa gorda
a vida é um largo quintal de projeções
algumas vezes um filme chato
um romance sem graça
outras vezes uma mítica águia branca
com olhos turquesa e plumagem cristal
pronta a nos dar sua enorme cabeça

O DIA

quaram as plantações no primeiro sol
dos dias
o grito do poema
o solo prometido
o filho da palavra vento

O PRESENTE

na escura caverna uma faísca de ouro
um buraco aberto no céu
um buraco fechado na terra
a semente é sanguínea
escorre quieta, sem pressa
flores de silêncio pairam no vazio
                                        do teu rosto

A TERRA

as casas de areia são brilhantes canções
sementes enxertando a terra seca
pedras cravadas na testa do jardim
o vento um sopro no solo pedregoso
relicário de raízes profundas

tempo de descansar
o sono: — a boa terra
a madrugada: — a semente imaculada
o novo dia: — o broto que engole os homens

A ROCHA

uma pedra de três camadas
uma vermelha
outra cor de pedra
a última imaginação
seu corpo é frio
seus olhos são asfalto
seus cabelos são musgo negro
uma pedra de três camadas
alma, espírito e ficção
carrega um enorme dragão na boca
um dragão de três pedras
uma pedra de três camadas
sua prosa é ironia
seu riso é advertência
sua existência é um milagre mineral

O HOMEM

são como farpas atravessadas pelo desejo
húmus decomposto pela carne do destino
são cavalos cegos galopando pelas beiras
relâmpagos lufados pela existência
homens não são mais que instantes
roendo o futuro que não lhes pertence

A ESSÊNCIA

alimento-me das canções de lama
das pastosas sinfonias de terra
por vezes, da própria lama
somente um estômago cheio de lama
sacia uma alma estrangeira
somente barro no sangue
fecunda um mocho coração

A FILOSOFIA

é certo que o tempo
é uma questão vegetal
uma erva raríssima
de raízes profundas e profanas
brotando em quaisquer filosofias
mineral restou a curiosidade
vadia assanhada que insiste
em roer meus ossinhos

A ESPERANÇA

há um animal que ri
                    selvagem
na atmosfera do dia
há um grito ecoando
                    labiríntico
nos mais altos céus
há o desejo
habitando os seres viventes
há o fruto
há um fruto
há uma sombra que envolve
                              o teu nome
há uma marca em tuas mãos
e dança quando olha pra mim

O FIM

tudo cresce no recanto do teu corpo
ódio
dor
insanidade

tudo cresce nas lágrimas da língua

jorrando forte a carne do tempo
                                        apodrece

teus olhos são terra infértil

os dias
resistem na cratera dos cílios

ainda há luz e algo brota
sorrindo e te olhando por dentro
ainda há luz e algo grita
os dias terão seu fim

parte dois | o silêncio é um fetiche

a tua boca me cala
e assim
de contento
me torno molhado silêncio

philippe wollney

ADÁGIO DE ADÃO APÓS SER EXPULSO DO PARAÍSO

com o instinto caído do homem
farei tijolos e construirei minha casa
e a chamarei liberdade

LUNÁTICA

assim viveu
até sujar os olhos de trevas
e engolir a si mesma
duas vezes na mesma noite

RENASCER

a ponta do pênis contra a escuridão
o gozo na matéria escura da noite
esperar que a madrugada geste o improvável:
um dia com a tua cara patética

FURACÃO

torcer a curva
do tempo até extrair
uma gota de amor
embebedar-se
até que alhures
seja consciência

ESCURIDÃO

não pisam ainda os ventos
sobre as águas e rapidamente
a grama azul se espalha
sobre o mar e as nuvens suspiram
pela terra fértil

é outono e o globo terrestre
se contorce frente ao estranho
linguajar das algas

é frágil o sono dos penhascos
e melancólico o riso dos trovões

a espessura do momento exige
substância vasta, é escasso o vinho
que alimenta as plantas

a erva nova avista grande precipitação
os morcegos se enraízam na terra úmida
fecundando a clausura dos dias

a carruagem da noite se avizinha
é forte o aroma das cores no cio

NOVAS REFERÊNCIAS

essa coceira ruidosa entre os dedos da mão
essa coceira miúda, frágil, orgânica
desenha lembranças de quando fui mar
essa coceira prediz a queda da terra
e o nascimento do planeta aguado
ouço estalos! ondas quebrando meus ossos
é preciso escrever o manual da nova terra
é preciso ressignificar a vida terrena
rasgar os olhos das montanhas
lhes dar lições de como ser iceberg

TERRA FAKE

não somos um planeta
somos o lugar chamado por dante:
limbo

não somos uma nação
somos o lugar chamado por sartre:
imaginação

não somos a realidade
somos o lugar chamado pela literatura:
ficção

ESPECTRO VISÍVEL

daqui não se ouve cor alguma
não se ouve luz cortando a escuridão
nem se ouvem sentimentos nascendo
daqui se ouve o silêncio
se vê a chama que corta em pedaços
tudo que pulsa e chamamos vermelho
a chama é azul
o que permanece é simulacro
o único som que se vê é um deboche
uma canção cantarolada entre dentes
um fetiche bethaniano
contaminando a alma
infectando olhos e ouvidos
um clarão inundando as ruas
como poderemos lutar?
um vai e vem de vaidades
o silêncio dissipa a visão
corrói os ouvidos
acaricia o ego
e sepulta quem somos

FÉ

ecce homo e o olhar de cristo erguido para o céu
acalma-te, messina!
espalhe o teu choro como grãos férteis
calúnia e dois mil e treze oceânico
abrigados no louvre ou neste quarto
é imperceptível o gesto da fé
e entre nós dois ressurge o amor
sacramental martelo do recomeço
nessa época de indecisão
onde o sangue verte imundo
e nem luz cabe neste peito e céu descoloridos
mil quatrocentos e setenta e sete
a coroa é a mesma
que enfeita nossas cabeças de santidade
flagelo é este poema renascer benigno
da triste aposta fotobiográfica
fêmea desvirtuada num século omisso

A ATUAL ERA DO COSMOS

somos todos preguiça e amamos a preguiça mais que a uma xícara de café / que caos seria se o brilho apagasse e as galáxias fossem entupidas de pus / não haveria padaria para nossas conversas nem café para nossos domingos / a paisagem voltaria a ser virgem e lá poderíamos plantar algumas moedas / as nuvens poderiam ser douradas e os rios poderiam se vestir de negro / poderíamos criar armadilhas para as aves mortas / entretanto essa preguiça que escondida sussurra e por trás nos mostra a língua suada / essa cadela que pariu cinco toneladas de pedras terrestres na superfície lunar / não fala e não come / seu dia é rodopiar o riacho na boca e rasgar camisolas frutíferas / tanta história de girino / tanta canção cimentada no vácuo e essa preguiça / vadia iluminada vestindo o ouro dos cães / tanta melomania para chorar no cio e parir montanhas nas costas / tanta saliva gasta para viver pelos cantos em estado de coisa

BURACO NEGRO

a culpa é desse medo
esse monumento caído
achando que é bandido armado
desejando estourar nossos tímpanos
gargarejando obscenidades
desfazendo sonhos como castelos de areia
a culpa é desse peito frio
dessa inércia momentânea
estúpida
a culpa é desse pesadelo íntimo
que nos arranca as cicatrizes
que de nossas memórias
faz sanfona
e se ergue completamente vazio
a culpa não é nossa
é desse breu nos olhos
repertório superficial
girando sem eixo
a culpa são dessas
pedras brilhantes
virtudes escorrendo do peito
a culpa é dessa coragem desvairada
melancólica prateleira vazia
a culpa é dessa comoção eterna
dessa gente bicho
dessa consciência inexistente
a culpa é dessas bandeiras
territórios do poder
maléficas fábricas de precipícios
em corações desavisados

SINOPSE DA PRÓXIMA ATRAÇÃO

é a beleza desse lugar
que nos perturba com tantos orgasmos
são os corpos sendo esmagados
as mãos de gárgulas sobre nossos
pesados pescoços carregados de medalhas
olhares desviando dos brilhantes eclipses das falácias
dos jornais contos de fada
é a vontade própria que nós emprestamos
e por mil e uma noites não nos devolvem
espetáculo de estrelas
grandes explosões dentro de bocas miúdas
bombas de hidrogênio em nossas genitálias
pitada de sal nas hastes íntimas de nossos mais caros momentos
quanto amor e consideração
emoção escorrendo do céu
que beleza esse lugar tão cruelmente decorado
de paisagens verdes
um palco de tragédias
o vento musicando as horas
as ideias como pipas no espaço
pássaros com carteira assinada
bebendo o leite de asteroides grávidos
somos bem-sucedidos
a selvageria foi catalogada e tudo está inventariado
a beleza desse lugar foi tatuada na língua
e a rotina é essa: as luzes se acendem
entra um serafim e todos voltam para suas coxias

parte três | vestido branco

desfazer o horizonte devia ser mais que desejo

geórgia quintas

IMINÊNCIA DO IMPACTO

essa vontade espumando os minutos
sangram minhas unhas
de tanto arranhar meus pensamentos

ÍCARO

descamando o quarto
cavo a cova fria da rotina
despertando a águia que habita
a pele dos lençóis
tudo enfim deverá acontecer
o voo incerto atravessa-me o osso
lanço-me ao sol

O VOO

um pássaro negro atravessa-me os nervos
e é dia
já não há o que ensinar às águias
os sonhos amontoados de fome
não explicam os pastos
ou a costura das nuvens
um pássaro negro me intimida
converto-me em sal
há muita noite embaixo das águas salgadas
entre os nervos, lanço pedras no rio
nos pés de um possível amanhã
os sonhos:
ouro brilhando na imensidão do voo

SUBIDA AO CÉU

essas mãos que nos tocam
se escondem por trás de tudo
no quarto teus hiperestímulos
revelam galáxias seminuas
cachoeira afiando a língua
uma triste cena a que somos submetidos
os espectadores querem sensações
você tão atraente para o olhar
tão sedutor para o ouvido
tão tátil, tão elementar
se tirar a escada debaixo da cama
a escada cujo topo chega aos céus
juraremos te chamar de jacó
ou se preferir isaque, esaú
a imagem está fixa no espelho
confundindo tua linguagem
não vemos as imagens uns dos outros
nos lambuzamos de babel
um grito foi disparado
uma palavra atravessou a cena
palavra-imagem, cópula natural
tudo é silêncio, fuligem
refluxo biliar do medo
te chamaremos eridu
a primeira cidade do mundo
a morada dos deuses
peculiar como a estrutura óssea
da palavra céu, a única
a vestir a imagem pura do poema

no trânsito entre diferentes
estados imagéticos
a triste cena foi mapeada, vaticinada
plagiada de uma história herdada
de um outro universo
à meia-luz, tuas mãos
no impulso de fabricar realidades
disparam um novo grito
uma palavra-enigma
roubada pelos anjos
todos nos contaminamos
agora subiremos ao céu
seremos seres acelerados
elétrons numa balada cósmica
sangrando num único modus vivendi
de vez em quando felizes
pois nunca nos faltará imbecilidades

VENTO SOLAR

ah!, se tudo fosse
tão somente fosse
poeira, vento e euforia
fosse um código novo
uma língua morta
um canto de *tetrapodophis amplectus*
se tudo fosse fio de prata
um buraco de minhoca imaginário
aspectos da matéria bruta
fosse um batimento cardíaco musical
uma primavera de orgasmos
um maníaco playground
fosse um vestido branco
tecido com as linhas de nossas mãos
um terremoto de sentidos
expelindo o gozo dos primeiros dias
fosse página de ar puro
cheiro de terra molhada
fosse o som antes do grito
uma epidemia dourada
fosse a morte de uma hipernova
a transmutação do cosmos
ah!, se tudo fosse
um rabo de fora
apanhando a brisa de um sopro meu

QUANDO EINSTEIN LAMBIA OS BEIÇOS

cozinhar era a nossa especialidade
a começar pelo crânio azul de lieko shiga
recordo dos jantares no palco de newton
o apelidamos de caldeirão do cosmos
quando reduzíamos a gravidade
e o assado espaço-tempo crescia tão bem
um padrão difícil de ser superado
nossas sobremesas eram imbatíveis
einstein nunca enjoou delas
mal sabia que o segredo
era a supersimetria do açúcar
naqueles dias
roíamos as unhas
até gastar os dentes
usávamos vermes do japão
em nossas tristes camisetas
e dos jantares
só nos restou a teoria das cordas
tão elegante, quanto greene aos domingos

OBEDECER AS LEIS DA GRAVIDADE

cair
em
si

COSTUME PARA KAFKA

costurando os sonhos
espetei o dedo
na realidade

A FORJA ELEMENTAR

não tenho coração
apenas um exoplaneta
orbitando no peito
um arremesso do destino
e aqui estou
70 quilos de estrela
oscilante explosão
navegando perpétuo
no limite das coisas
um filho de mãe
ou
um filho da mãe
forjado no coração de estrelas mortas?
não importa
sou filho da engenharia sagrada
10 quadrilhões de átomos
acendendo silêncios à beira do mar
uma briga de extremos
um masturbador do cosmos
mastigando o tempo em inúteis tarefas
quiçá poderia ser
um insano planetário
um filamento filosófico
ou
um astrólito verbal
despejando palavras
no vácuo
ou
um desenhista de sonhos

um arquiteto de vontades
um fodedor de palavras
não tenho coração
apenas um exoplaneta
orbitando no peito

FATO UNIVERSAL

li no facebook:
o que acontece no buraco negro
fica no buraco negro

DOIS MIL E DEZESSEIS

as flores do meu jardim não são brancas
as flores do meu jardim não são verdes ou amarelas
as flores do meu jardim não são vermelhas
as flores do meu jardim são flores
não são cores são flores
e por isso existe o jardim

PONTES

toda a vida me disseram que os dias são águas
que rebentam num rio quando nascemos
sobre o qual os instantes são camadas pelures
rumando em direção a mares sem fim
se apegando às pontes que construímos
e revestimos de linguagem mineral

em todos esses dias os sabores não mudam
a fruta é doce quando a boca não é amarga
cada margem traz em si o espelho da outra
o céu e a terra reverberam o mesmo sol
as gotas de chuva alimentam as águas
as quedas curam as comissuras das horas

quem souber a profundidade das águas
conhecerá a profundeza das palavras
porejará na face o leite de uma vida feliz
colherá os mistérios descarnados dos seres

o curso natural das águas descarta calendários
ignora os prazos lunares e terrestres
conhece as fissuras do solo que abraça
e no secreto dos segundos nos brinda
nos devolve o milagre das substâncias vegetais
nos restitui o que nunca nos foi dado
o líquen desmedido da vida esplanada
incrivelmente vasto como o cochilo do céu
diversamente azul como a superfície do rio
os dias são água, os dias são água

HIPPOCAMPUS

sempre admirei o caracol
e sua concha de calcário tão leve
imagino que carregue uma linda galáxia nas costas
caracol, mas prefiro cavalo marinho
prefiro a palavra hippocampus
ecoa melhor num poema
gosto deles pois dão flores na primavera
gosto deles pois dançam para atrair seus pares
gosto deles pois a fêmea bota no macho
gosto deles pois o macho libera esperma em si mesmo
gosto deles pois seus filhotes quando nascem são transparentes
gosto mesmo é da palavra hippocampus
hippocampus me lembra
como energizar tripas miúdas e ossos medrosos
como vestir a pele dourada dos dias
como andar igual aos caracóis
como somos feitos de estrelas
como seremos futuras estrelas
penso se antes de ser uma nova estrela
serei um cavalo-marinho ou um caracol?
sempre admirei o caracol
mais prefiro a palavra hippocampus

parte quatro | cóccix

seus poemas margeiam meu umbigo

lubi prates

CAVALO

teu corpo existe
porque nele
meu corpo insiste

nenhum corpo é como o teu
que caldeia radioso no colo
da minha voz

nenhum corpo é como o teu
que vagueia curioso no polo
dos meus pés

nenhum corpo é como o teu
que desagua furioso no rio
da minha foz

meu corpo existe
porque nele
teu corpo persiste

ORQUÍDEA

você não sabe
o que é dobrar
        uma primavera
você só entende
de invernos
de edredons
camisinhas
band-aid
merthiolate
e seriados

um cavalo atravessa furioso
                esse lago
fundo dos teus olhos
galopando, galopando, galopando

a saliva escorrendo da tua boca
escorrendo pelo canto esquerdo
                dos teus lábios
vermelhos-sangue

uma isca escapando do anzol

você me chove e chove muito
chove imensa constelação
você não sabe
como molha dentro de mim
como boiam minhas entranhas
e afundam

FALSAS MEMÓRIAS

fotografias dos nossos corpos
gastas e jogadas ao tempo
fracas como um gatilho
monumento ao esquecimento
por você ainda pulsarei
te amarei pela sua tristeza
guardarei tua lembrança na pele
e se um dia ousar te esquecer
e a memória em névoa se converter
cravarei nossos corpos no espanto
plantarei um jardim de papoulas
a florescer imagens de nossos iguais
fotografias dos nossos corpos
mentiras pra nunca esquecer

ESCÂNDALO

astros em combustão
                    outra vez
o fogo ardendo as feridas

na varanda ecoa um som
o canto rubro das aluadas sereias

tuas mãos
tuas costeiras mãos
não o mar ou os próximos mil anos
tuas arenosas mãos

pulsem estrelas em mim
inundem cidades em lágrimas

astros em combustão
                    outra vez
o céu lambendo os pecados

agarro a insalubre letargia
o amor é uma escura aflição
é atravessar o mundo junto à morte

mas só tuas mãos
abarcam o impecável escândalo

ISTO NÃO É SOBRE UM SISO

sob este imenso céu de azul nietzschiano
minha barba enrosca no siso extraído
procuro mudar o sentido da chuva
pendurar as gotículas à beira da luz
entretanto não posso
tivesse gritado ou atado o diálogo ao beijo
absolutamente de nada adiantaria
lembro do sexo com sabor empírico
abissal lembrança de nós dois
como mármore sua barba é fria
já a minha escorre ácida pelo peito
até a linguagem dou por desconhecida
um estrangeiro de eleia na luta infinita

2 CORÍNTIOS 12

na pirâmide yonaguni sepultei tua vergonha / restituindo minha porção de civilidade / rasguei o tempo em anomalias cronológicas e te fiz vênus de willendorf / do pó de alexandria te fiz um quebra-cabeça / um icosaedro sideral vagando na pura matéria escura / não há estrelas que ocultem tua face / o universo indisciplinado te expele / teus mais bizarros pensamentos sempre encontram partículas solidárias / os limites não lhe esconderam / você se tornou a mais importante descoberta arqueológica do planeta / entretanto nenhum documento escrito encerrará tua existência / não sou o culpado pelo desejo / pesa sobre meu corpo a justiça e a tua sentença é antiga e justa: ser meu espinho na carne

NEUTRINOS

aprender a arte do invisível
fechar os olhos com o coração despido
tatuar na alma um livro inteiro de rinko kawauchi
e transformar tua ausência em lindos neutrinos azuis

AMOR GALÁCTICO

ei, netuno
preciso te dizer que fiz uma cirurgia
nada tão complicado
até parecia fácil
olhando os médicos me cortarem
na real, eu nem olhei nada
tomei anestesia
mas soube que não era grave
e que o pedaço que tiraram de mim
já foi descartado
parece que algo não prestava
ou fazia mal
talvez tenha sido
um dos teus diamantes
que comi
ei, netuno
o que preciso mesmo dizer
é que o pedaço
que falta em mim é você
não aquele apêndice infeccionado
mas você inteiro, volta pra terra, volta
são apenas 4 bilhões
de quilômetros
que nos separam
não quero te perder novamente
nos últimos dias
tenho andado triste com a cosmologia
ela disse
que o universo se expande

e o espaço entre nós aumenta
espero que tudo seja mentira
4 bilhões de quilômetros já bastam
até pensei em pedir a marte
para trocar de lugar com você
se demorar
eu farei uma ponte einstein-rosen
tudo bem, eu sei que daqui a pouco você vem
ei, netuno
enquanto você não chega
peguei uns filmes
para sonhar contigo
lars von trier é foda!
mas, netuno
você é mais!

TEORIA X

a cosmologia pode explicar o nascimento do universo do
mesmo jeito que explica o controle da gravidade sobre nossos
corpos
até o ponto de colidirem
a partir da colisão
nada se explica
o fenômeno ainda é desconhecido pelos cientistas
quando dois corações colidem propagam tsunamis gravitacionais
nem beuys previu em terremoto no palácio tamanha energia
propagada
os padrões vibratórios são frenéticos
astros se formam a partir da agitação das partículas
oscilações de luz ocorrem nos olhares com muita frequência
e o movimento dos corpos no espaço se torna imprevisível

PONTO DE NÃO-RETORNO

absurdos matemáticos
distorções entrópicas
não há linguística avançada que o descreva
fórmula física que o explique
matemática que o calcule
a velocidade da luz por ele é descartada
não há velocidade possível para libertar-se do seu campo
gravitacional
chegando em seu horizonte de eventos
qualquer matéria será influenciada por sua força significante
haverá fricção significativa
o corpo será propulsionado ao ponto de não-retorno
essa ação fantasmagórica à distância
foi denominada pelos cientistas de amor
e figura entre os grandes mistérios da humanidade

FRAGMENTO VOYNICH

o próximo amor virá do espaço
precisamente de kic 8120608
curvará o sol em um clique
em dois ressuscitará os mortos
diz a profecia que ele escreverá ficção
trará uma herança nas pernas cruzadas
dará aos pobres de espírito esferográficas
nas pálpebras carregará rolos de kraft
será revolucionário
abolirá o uso de calças legging
substituirá os mágicos por bexigas azuis
dará aos pesadelos bilhetes pornôs
por fim, quando tomar consciência da vida
bordará falsos poemas nas nuvens
e cobrirá o mar de insignificâncias

STILL DE UM CASAMENTO NO ESPAÇO

um céu neon
igual a uma boca cheia de formigas
ou
um-no-outro
dois buracos negros em eclipse

PLUTÃO

por que todo esse desespero?
deite sobre o meu peito
ouça o universo

o cochilo do céu foi escrito entre 2015 e 2017, em meio às pesquisas sobre a beleza do cosmos e a viagem à kepler-186f.

nessa jornada agradeço a:

felipe wircker machado, por ser o primeiro a olhar com atenção meus primeiros escritos.

benedito costa neto, pela leitura crítica e carinhosa do esboço deste livro.

marília kubota, que a cada doce encontro sopra um dente-de-leão em minha poesia.

rob packer e tito leite, por acreditarem neste livro e contribuírem com edificantes conversas.

ronald augusto, que me ensinou a controlar (via linguagem) a emoção do poema e a lapidar *o cochilo do céu*.

andre serafim, pelos ensinamentos artísticos e pela amizade desmedida.

alexandre linhares e thifany f., pelo amor e cumplicidade que plantamos e cultivamos.

lubi prates, por me mostrar que a amizade é um exercício que desmente o destino e a distância.

todos os familiares e amigxs pelo afeto e companheirismo.

KOTTER
EDITORIAL

Este livro foi impresso em papel pólen 90g/m², tipologia Cardo 10,5/15, no outono de 2018.